Formosuras do VELHO CHICO

Formosuras do VELHO CHICO

Lalau e Laurabeatriz

EDITORA
Peirópolis

Para
Maria Rosa,
Manu,
Thereza
e Juca

VELHO CHICO

Tem fome o ribeirinho?
O rio faz o peixe
Saltar em sua mesa.

É hora de dar banho
No menino?
O rio acalma as águas,
Fica protetor, mansinho.

Deu saudade e tristeza
Na menina?
O rio pega suas lágrimas
E as leva para bem longe,
Nas ancas da correnteza.

É longa a viagem,
Minha gente?
O rio corta os caminhos
E, até poitar no destino,
Devagar e paciente
Ele vai.

Pois, então,
Se alimenta, acalanta,
Conduz e abraça,
Acho que cabe
Comparação
Entre o rio e um pai.

MOCÓ NO GAIOLA

Lá vai o mocó
Viajar no gaiola.

Olha só o que ele
Leva na sacola.

Um paletó sem gola
Comprado no brechó.

Um petisco de jiló
E uma carambola
Para a vovó.

Uma vitrola
E um disco de forró.

Lá vai o mocó,
Pelo São Francisco,
Até Cabrobó.

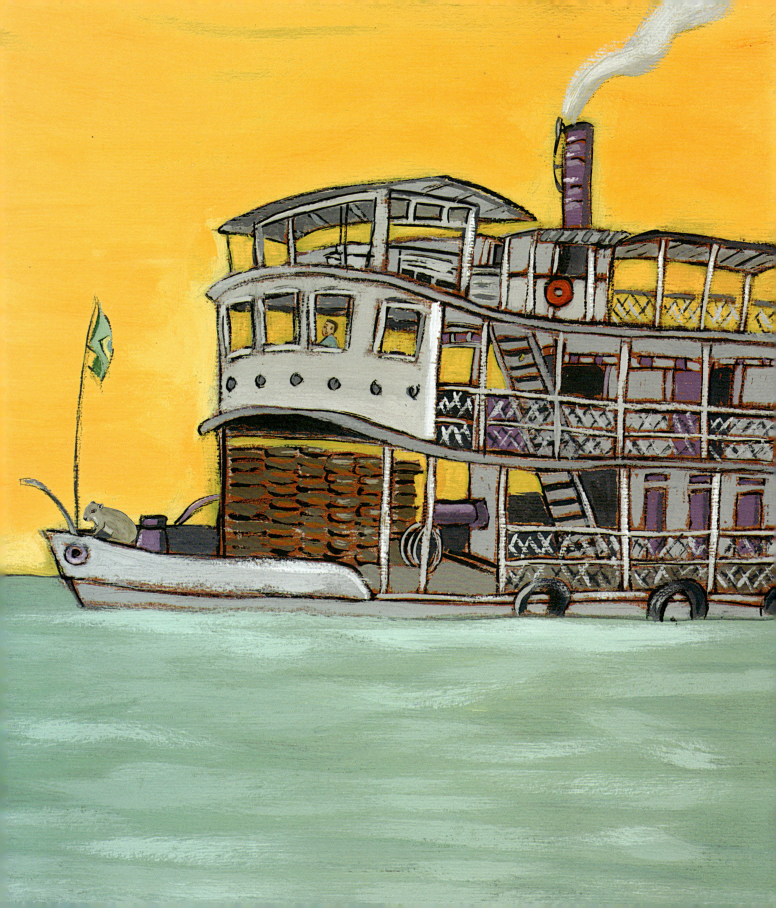

O SAPO-CURURU E A PESADEIRA

O sapo-cururu dormiu
De barriga para cima.
De repente,
Quem se aproxima?

A pesadeira!

A bruxinha é ligeira,
E senta naquele barrigão,
Como se aquilo fosse
Um imenso colchão.

Ah, se o sapo surrupiasse
A touquinha dela...
Sua vida de sapo
Amanheceria farta e bela.

Seria realizado
Qualquer desejo:
Um moderníssimo brejo
De frente para o mar,
Um palácio dourado,
Milhões de mosquitos
Para o jantar,
Casar com a sapinha
Mais cobiçada da região,
Transformar-se
Num príncipe bonitão.

Acorda, sapo barrigudo!
Ou vai perder a chance
De virar um sapo sortudo!

A CARRANCA E A PIRAMBEBA

Quem é mais assustadora?
Quem causa mais paúra?

A carranca,
Tenebrosa escultura?
Ou a pirambeba
E sua afiada dentadura?

A carranca começou a peleja,
E sua feiura causou inveja.
Levantou as sobrancelhas,
Escancarou as narinas,
Arregalou os olhos,
Espichou a língua,
Avermelhou as orelhas!

A pirambeba, em seguida,
Apresentou a poderosa mordida.
Abriu a boca até não poder mais,
Estufou as guelras,
Arrepiou as escamas,
Exibiu as fileiras de dentes.
Como se fossem punhais!

Ninguém venceu o combate.
As duas foram brilhantes,
Perfeitamente horripilantes:
Deu empate.

BAILÃO DOS PEIXES

Pacamão
É o bom do baião.

Dourado
Dá show no xaxado.

Pintado
Arrasa no reisado!

Maravilha!
Mandi-amarelo
E piranha-vermelha
Dançam quadrilha.

Tem catira, cateretê,
Congada, lundu.
Tem piau, traíra,
Sarapó, curimatã-pacu.

– Quer dançar,
Curimbatá?

– Quero sim,
Surubim!

PASSARINHO NA FEIRA

Olha o araticum!
Quem experimenta
Vai querer mais um!

Leva murici, freguesa!
Está madurinho,
Uma beleza!

Sapoti! Sapoti!
Nenhum outro é tão bom
Quanto esse aqui!

Soldadinho
Comeu jenipapo,
Engordou um pouquinho!

Vem-vem
Comeu cajá-manga,
Engordou também!

REMEIROS E O CUMPADI D'ÁGUA

Cumpadi d'Água
É pequena criatura
Sempre à procura
De fumo de corda
E cachaça da boa.

Se o remeiro
Não atende seu capricho,
Cumpadi vira bicho
E emborca a canoa.

Um remeiro conta
Que o caboclinho
Faz sua morada
Nas barrancas do rio.

Outro remeiro diz
Que o monstrinho
Vive na cidade encantada
Das profundezas do rio.

Um jura que viu.
Outro confessa
Que fugiu!

MACACO-PREGO-GALEGO E A FESTA DE SÃO JOÃO

Macaco-prego-galego
Na festa de São João!
Vixe! Não dá sossego,
Só arruma confusão!

Mexe na sanfona,
Irrita o sanfoneiro.
Esconde as prendas
Do leiloeiro.

Come canjica
E pé de moleque.
Bebe quentão,
Fica de pileque.

Pula no colo do noivo,
Puxa o suspensório.
Desarruma o véu da noiva,
Atrapalha o casório.

Derruba as bandeirinhas,
Solta bombinhas,
Entra e sai das barraquinhas.

Faz o maior fuzuê no arraial.
O povo fica doido,
Ele foge pro matagal.

Como corre esse galego!
Jamais será pego!

TICO-TICO-DO-SÃO-FRANCISCO E GATO-MARACAJÁ

Em Pirapora,
O gato comeu, bebeu,
E foi-se embora.

Em Januária,
O tico-tico apaixonou-se
Por uma canária.

Em Itacarambi,
O gato brincou
Com o jabuti.

Em Bom Jesus da Lapa,
O tico-tico comprou
Uma bússola e um mapa.

Em Sento Sé,
O gato tirou
Um espinho do pé.

Em Juazeiro,
O tico-tico dormiu
No alto do coqueiro.

Em Petrolina,
O tico-tico e o gato
Encontraram-se
Numa esquina.

Trocaram um longo abraço,
E cada um seguiu sua sina.

EX-VOTO

Tem muito milagre que acontece:
Olho volta a enxergar,
Dor nas costas desaparece,
Coração renasce no peito.

E o povo tem lá um jeito
De demonstrar aos santos
Sua devoção, gratidão e fé.

Isso é feito em forma de retrato,
Ou pedaço do corpo talhado
Na madeira, pedra-sabão e cera:
Mão, braço, cabeça, pé...

Depois, o objeto vai para a igreja,
Onde é rezado, oferecido e guardado
Para que todo mundo o veja.

Se um passarinho se machucar,
E tiver a asa socorrida,
Levará no bico, para São Francisco,
Sua pena mais linda e colorida.

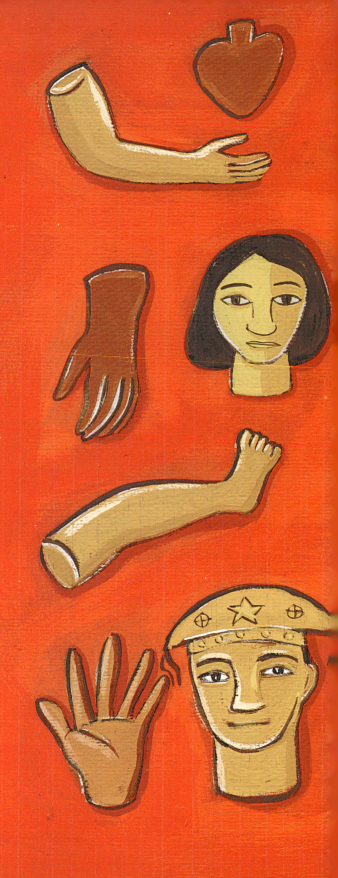

O SONO DO RIO

Meia-noite, o rio dorme.

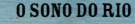

Sossega a corredeira,
Param as cachoeiras,
O vento some.

Almas procuram estrelas,
Cobras perdem o veneno,
Peixes acomodam-se no fundo.

É um sono pequeno,
De poucos minutos,
Porém profundo.

O rio sonha
Com sua gente ribeirinha,
Com felicidade, fartura,
Água mais limpinha.

Atenção, silêncio, cuidado!
Ele não pode ser despertado.

Emergem assombrações,
Naufragam embarcações!

O Velho Chico enfurece,
E quem está por perto
Padece.

RIO SÃO FRANCISCO

O rio São Francisco foi descoberto em 1502. É conhecido como "rio da integração nacional", e tem esse título por ser o caminho de ligação do Sudeste e do Centro-Oeste com o Nordeste.

Nasce na serra da Canastra, em Minas Gerais, e percorre 2.700 km até sua foz, na divisa de Sergipe e Alagoas, quando deságua no oceano Atlântico.

A bacia do São Francisco, com 634 mil km², abrange 504 de municípios, banhando os estados de Minas Gerais, Bahia, Pernambuco, Alagoas e Sergipe, e alcançando também Goiás e o Distrito Federal.

Ele está dividido em quatro trechos:

- Alto São Francisco: das nascentes até a cidade de Pirapora (MG), com 100.076 km², ou 16% da área da Bacia, e 702 km de extensão.

- Médio São Francisco: de Pirapora (MG) até Remanso (BA), com 402.531 km², ou 53% da área da Bacia, e 1.230 km de extensão.

- Submédio São Francisco: de Remanso (BA) até Paulo Afonso (BA), com 110.446 km², ou 17% da área da Bacia, e 440 km de extensão.

- Baixo São Francisco: de Paulo Afonso (BA) até a foz, entre Sergipe e Alagoas, com 25.523 km², ou 4% da área da Bacia, e 214 km de extensão.

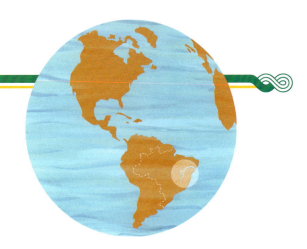

O São Francisco é um dos mais importantes rios do Brasil e da América do Sul. Ele recebe água de 168 afluentes: 90 estão na sua margem direita e 78 na esquerda.

PEIXES DO RIO SÃO FRANCISCO

OUTROS BICHOS DO RIO SÃO FRANCISCO

GLOSSÁRIO ILUSTRADO

GAIOLA
São embarcações movidas à roda e lenha, de acabamento tosco e pouco conforto, onde os passageiros dormem em redes no convés. Dizem que o primeiro gaiola navegou no rio São Francisco em 1870. Atualmente muitos estão sendo transformados em barcos para passeios turísticos (*bateau mouche*).

CARRANCAS
As carrancas do São Francisco são cabeças de animais com cara de gente ou cabeças de gente com cara de animal, geralmente feitas de madeira. Os barqueiros colocam essas esculturas na proa de suas embarcações para, conforme dizem as lendas, espantar os monstros do rio e, assim, garantir viagens mais seguras e felizes.

CUMPADI D'ÁGUA
O Caboclo, Cumpadi ou Compadre D'água é uma criatura misteriosa, com forma de gente, estatura baixa e o corpo coberto por pelos escuros e arrepiados. Não gosta muito de conversar, e costuma pedir fumo e cachaça para os pescadores. Quando não é atendido, fica muito bravo!

O SONO DO RIO

É uma lenda do Médio São Francisco. Pelo menos uma vez por ano, à meia-noite, o rio e todos os seres adormecem. Até as cachoeiras ficam quietinhas. Nesse momento, as almas dos afogados sobem para as estrelas, a mãe d'água vem à tona, os peixes ficam parados lá no fundo, as cobras perdem o veneno. O rio não pode ser acordado de jeito nenhum, senão as águas se enfurecem, virando as canoas e inundando as terras.

PESADEIRA

Segundo a lenda dos velhos ribeirinhos, não é nada bom dormir de barriga para cima. Quando isso acontece, a pesadeira aparece. É uma feiticeira que tem uma touca vermelha na cabeça. Mas quem pegar essa touquinha, pode pedir o que quiser: a pesadeira realiza o desejo!

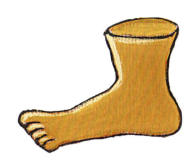

EX-VOTO

Um ex-voto pode ser um quadro, pintura, placas com inscrições e até figuras esculpidas em madeira ou cera, muitas vezes representando partes do corpo que estavam doentes e foram curadas. São colocados em igrejas ou capelas para pagar promessas ou agradecer uma graça alcançada.

BIOGRAFIA

Desde 1994, Lalau e Laurabeatriz fazem livros para crianças. Lalau é paulista, poeta, publicitário, casado e tem um filho. Laurabeatriz é carioca, artista plástica, ilustradora, casada, tem quatro filhos e três netas. O meio ambiente, a fauna, a flora e a cultura brasileira estão presentes em dezenas de títulos assinados pela dupla.

*Agradecemos a
Luis Fábio Silveira*

Copyright © 2011 texto Lalau
Copyright © 2011 ilustração Laurabeatriz

Editora
Renata Farhat Borges

Editora assistente
Lilian Scutti

Produção editorial e gráfica
Carla Arbex

Projeto gráfico e capa
Thereza Almeida

Revisão
Jonathan Busato

Editado conforme o Acordo Ortográfico
da Língua Portuguesa de 2009.

Dados Internacionais de Catalogação na Publicação (CIP)
Angélica Ilacqua CRB-8/7057

Lalau
   Formosuras do velho Chico / Lalau; ilustrado por
Laurabeatriz. -- 2. ed. -- São Paulo : Peirópolis, 2015.
44 p. : il., color.

ISBN: 978-85-7596-366-1

1. Poesia 2. Literatura infantil 3. Meio ambiente I. Título II.
Laurabeatriz

15-0184   CDD 028.5

Índice para catálogo sistemático:

   1. Literatura infantil

2ª edição, 2015
1ª reimpressão, 2017

Disponível em ebook nos formatos Epub (ISBN 978-85-7596-420-0)
e KF-8 (ISBN 978-85-7596-435-4)

Editora Peirópolis Ltda.
Rua Girassol, 310f | Vila Madalena | 05433-000 | São Paulo/SP
Tel.: (11) 3816-0699
vendas@editorapeiropolis.com.br | www.editorapeiropolis.com.br

Missão

Contribuir para a construção de um mundo mais solidário, justo e harmônico, publicando literatura que ofereça novas perspectivas para a compreensão do ser humano e do seu papel no planeta.

A gente publica o que gosta de ler: livros que transformam.
www.editorapeiropolis.com.br